님의 말씀

정효구 시집

| 자서(自序) |

지난해 말, 『붓다와 함께 쓰는 시론』을 출간한 이후, 제가 하고 싶었던 일은 두 가지였습니다. 그 하나는 '선시 읽기'를 하는 것이었고, 다른 하나는 '우리 시 속의 대우주와 대자연'을 연구하는 일이었습니다.

'선시 읽기'를 준비하던 중, 저는 그만 저도 모르게 시를 쓰는 데로 나아가게 되어 『신 월인천강지곡』이라는 시집을 출간하게 되었습니다. 이어서 '우리 시 속의 대우주와 대자연'을 연구하려던 중에도 같은 일이 발생하여 그만 저는 다시 시를 쓰게 되었고 이번 시집 『님의 말씀』을 출간하게 되었습니다.

『신 월인천강지곡』의 자서란에서 말씀드렸듯이 저는 시인이 될 생각이 없습니다. 그러나 시가 찾아오면 시를 쓸 수도 있다는 마음입니다.

'모두가 병들었지만 아무도 아프지 않은'(이성복) 이 시대, '치

료를 기다리는 무병(無病)'(이상)이 미만한 이 시대를 살아가면서, 저는 '신성성' '우주성' '자연성'을 사람들에게 알리고 그들이 느끼도록 해야 한다는 절박한 심정을 갖고 지냈습니다. 달리 말하면 '대진리' '대우주' '대자연'의 존재와 그 의미를 이해하고 체득하고 증득하며 살아야만 이 시대의 더 깊어지는 병세를 막을 수 있다고 생각하며 지냈던 것입니다.

『붓다와 함께 쓰는 시론』을 출간한 것도, 『신 월인천강지곡』을 출간한 것도, 그리고 이번 시집 『님의 말씀』을 출간하는 것도 다 위와 같은 마음이 빚어낸 것입니다.

소아중심주의, 개인중심주의, 인간중심주의, 욕망중심주의 속에서 과잉나르시시즘과 과잉분별주의, 과잉욕망주의와 과잉지식중심주의, 그리고 과잉인간우월주의와 과잉인위주의가 지배하는 현재의 삶으로는 인류가 참다운 건강성 속에서 삶의 보람을 느끼며 살아갈 수 없다는 것이 저의 생각입니다.

포스트모더니즘도 문제이지만 그 이후가 언제나 문제입니다. 글로벌한 차원에서 보든, 한국 사회의 현실 속에서 보든 이제 포스트모더니즘 이후를 심각하게 걱정하며 준비해야 할 때입니다. 대학의 시론 강의실에서 하늘과 땅, 산과 바다, 나무와 꽃들을 몰라서 함께 시를 읽을 수 없는 젊은 세대들을 보며 복잡한 심정에 빠져들 때가 한두 번이 아닙니다.

그러나 그들은 하늘을 동경하고 땅을 그리워하며, 산을 알고 싶고 바다에 가고 싶어하는 마음의 심층을 지니고 있습니다. 또한 그들은 나무와 꽃들을 사랑하고, 새들과 나비들을 만나서 교감하며 살고 싶은 속마음을 품고 있습니다.

이런 인식 위에서 저는 '대우주와 대자연'을 세상에 전하고 싶은 것입니다. 그리고 대우주와 대자연의 말씀을 들려주고 싶은 것입니다. 우리는 지금까지 너무나 '나'의 말과 '인간'의 말만을 쏟아냈습니다. 침묵하며 귀를 열어 '대우주와 대자연'의 말씀을 들을 때가 되었습니다. 대우주와 대자연은 인간들의 부모이자 선배이고, 선생이자 동료이며, 법사이자 도반입니다.

부족한 면이 적지 않지만, 제 시를 읽으면서 대우주와 대자연에 새로이 눈을 뜨고 그들과 한몸이 되어 좀 더 차원 높은 인생과 인류사를 열어갈 수 있는 계기가 마련되기를 소망합니다.

2016년 초여름날

정 효 구

| 차례 |

제2부 하늘의 소식이 궁금해요

제3부 등불의 마음으로 살아요

제4부 나는 그냥 존재하는 자예요

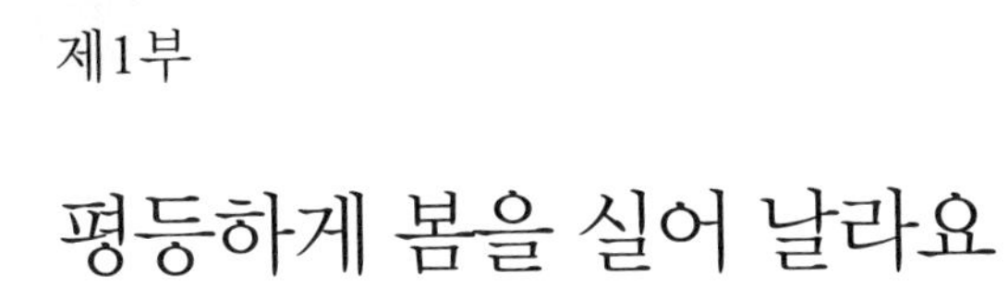

제1부

평등하게 봄을 실어 날라요

호수의 노래

햇살이 쏟아지면 햇살의 리듬을 연주해요.

달빛이 쏟아지면 달빛의 리듬을 불러내요.

바람이 스쳐 가면 바람의 노래를,

구름이 스쳐 가면 구름의 노래를 흥얼대요.

오늘 아침엔 새들이 무리 지어 노래하길래

모처럼 조용히 그들의 노래를 감상하며 쉬고 있었어요.

호수의 말씀

나는 언제나 넘치지 않으려고 노력해요.
나는 언덕보다 낮은 곳에 머무르고
언덕의 안쪽을 찾아 안분자족(安分自足)의 집을 지어요.

나는 언제나 평정심을 가지려고 노력해요.
고요가 내 생명이거든요.
사람들이 자는 한밤중에도 나는 명상하듯 흐트러졌던 몸을 가다듬어요.

나는 언제나 우아해지려고 노력해요.
내 몸 속으로 앞산 그림자가 소리 없이 깃들고,
나를 배경으로 저녁노을이 불타오르고,
내 몸 위에서 물새들이 유영하는 것을 본 사람들은 알 거예요.

나는 언제나 깊어지고자 애를 써요.

나의 가뭇한 심연을 보면서 사람들이 안심을 공부했으면 좋겠어요.

나의 맑은 속마음을 관찰하며 사람들이 신심을 공부했으면 좋겠어요.

바다의 말씀

바다란 넓다는 뜻이에요.

나는 넓음을 가르치는 법우(法友)예요.

넓은 바다는 왕소금을 품고 있어요.

나는 가난한 마을에 왕소금을 한없이 퍼주고 싶어요.

바다의 명작은 파도예요.

나는 파도로써 미의 율동을 전 세계가 깨닫게 하고 싶어요.

그런데 바다가 푸르른 것은 누구나 다 알고 있겠지요.

나는 사람들이 푸르름에 취하여 싱싱하게 깨어나기를 바라요,

그런 영혼으로 한평생 살아가기를 소망해요.

바다의 소식

일심은 나의 오래된 진면목이에요.

칼로 물 베기라는 말처럼

어떤 지혜인도 나를 분별하거나 나눌 수가 없어요.

나는 언제나 한자리에서 살아가는 '멈춘 자'예요.

큰일이 없는 한 내생까지도 나는 이곳에서 살 것이 분명해요.

이곳에는 아예 '이사'라는 말이 존재하지 않아요.

나는 수많은 생명들을 키우는 대모예요.

언제나 모성으로 사는 것이 나의 보람이지요.

외양은 거칠지만 이것이 바다인 나의 속모습이에요.

대지의 봄 말씀

봄이면 나는 새싹들을 밀어 올리느라
잠시도 쉴 새가 없어요.

내가 새싹들을 밀어 올리면
세상은 금세 생기를 띠며 살아나지요.

사람들은 회색 겨울날을 까맣게 잊은 채
마음속까지 연녹색으로 물들이며 흥분해요.

철부지 같은 새들은 새싹 사이를 뛰어다니다
발목까지 푸르게 물들이고요.

나는 이처럼 바쁘고 부산한 봄날이지만
언제나 무사한인(無事閑人)의 평온한 표정을 고집하고 있어요.

내가 불안한 기색을 보이면

새싹들이 제 길을 갈 수가 없으니까요.

그리고 불안은 망상임을 진작부터 알고 있으니까요.

대지의 겨울 말씀

나는 겨울이 되면 쉬고, 쉬고, 또 쉬어요.

쉬는 것이 겨울에 내가 해야 할 과업이에요.

나는 겨울에 깊이 쉬려고 일부러 냉정한 포즈를 취해요.

꽝꽝 언 몸,

표정 없는 얼굴,

사람 없는 거리,

바람 치는 들판,

그런 표정을 만들어서 한없이 고독한 쪽으로 들어가요.

누구는 이런 걸 동안거(冬安居)라고 부르기도 해요.

무슨 이름을 붙이든,

나는 겨울에 철저하게 쉬는 것이 본분사(本分事)예요.

숲의 말씀

숲은 하나의 차원 높은 세계예요.

아무것도 구하지 않는 무의(無依)의 나라예요.

모든 것을 가라앉히는 무장해제 지역이고요.

한여름의 열기도 여기선 체온을 낮춰요.

늦가을의 태풍도 여기선 속도를 줄여요.

한겨울의 눈보라도 여기선 머뭇거려요.

격해졌던 사람들도 여기선 본마음을 내놓고요.

숲의 일생

우리도 유년기가 있었지요.

그때 우리는 연약한 철부지였어요.

우리가 청년이 되었을 때

사람들도, 산들도 우리를 푸르른 눈으로 바라보았어요.

지금 우리는 장년기를 통과하고 있어요.

생장의 기쁨보다 성숙의 기쁨을 사랑하며 살고 있어요.

장년기의 숲 속에선 사람들이 한껏 심오해져요.

떨어지는 낙엽조차도 그들에겐 사상을 전하는 교훈서예요.

겨울이 되어도 숲은 여전히 아름답다고 해요.

봄과 여름 그리고 가을을 살아본 노현자의 기품이

흰빛처럼 초연하게 빛난다는 거지요.

겨울 숲은 그 자체로 시 같다고 전해져요.

어떤 이는 경전 같다고 찬탄하기도 한다더군요.

그런, 겨울 숲에 도달할 날이 무척 기다려져요.

산의 말씀

사람들은 나를 높이로 측정하지만

나는 자비를 넓게 배우고자 해요.

보현보살의 10대 행원에 비길 바는 못 되지만

나에게도 10대원이 있지요.

하심(下心), 부동, 포용, 의지, 살림,
침묵, 선정, 조화, 여유, 후원……

실은 나도 수행하러 이 지구별에 온 것이에요.

사람들은 내가 그냥 생각 없이

무뚝뚝하게 서 있다고 여기는 것 같은데

그것은 나의 표면만을 본 것이지요.

그들 마음대로 짐작한 오해이자 환영이지요.

산의 나날

요즘은 무슨 일인지 사람들이 부쩍 산을 찾아와요.

어떤 이는 이른 새벽부터,

다른 이는 늦은 밤인데도,

산에 와서 아예 내려가지 않으려는 듯 생각에 잠겨 있어요.

나는 그들이 걱정스럽지만

그들이 스스로 산에서 내려갈 때까지 조용히 뒤로 물러나 있어요.

사람들이 산이라도 찾아오니 정말 다행스러워요.

그들이 산으로 오르고, 산에서 내려가는 동안

시간은 흘러가고, 희로애락도 흘러갈 테니까요.

그러니 산행은 무상(無常)을 실어 나르는 큰 바퀴예요.

바람의 봄 말씀

봄을 싣고 오는 것은 바람결이에요.

어떤 이는 봄이 꽃과 새싹에서 온다고 말하지만

봄은 실로 바람이 몰고 오는 것이에요.

바람이 봄을 몰고 집 안으로 들어올 때

사람들은 창문을 활짝 열고 봄을 맞아들여요.

그러나 바람은 이내 다른 곳으로 미련 없이 떠나지요.

바람은 세상의 곳곳에 평등하게 봄을 실어 날라야 하니까요.

바람의 겨울 말씀

겨울을 안고 오는 것도 바람결이에요.

겨울바람은 사자후를 토하며 세상을 흔들어 깨워요.

바람 소리가 유독 강한 날은 보초를 서던 군인도 두려워해요.

그러나 바람은 사람들을 단련시켜요,

사람들의 잉여를 거둬 가지요.

겨울바람의 사자후에 호되게 전율하고 나면

사람들의 삶은 간소한 본질로 되돌아가요.

달의 길

달이 동쪽에서 떠서 서쪽으로 지는 것을 아는 사람은 많지 않아요.

밤이면 어두워지고 사람들은 잠을 자야 하니까요.

그러나 보지 못했다고 해서 없는 것은 아니에요.

달은 언제나 동쪽에서 떠서 서쪽으로 지고

그 일은 영원처럼 계속돼요.

이런 달의 길을 아는 사람은

밤에도 정돈된 삶의 길을 수행하듯 걸어가요.

밤은 결코 미혹한 시간이 아니니까요.

밤에도 모든 것은 자명하니까요.

달의 전언

사람들은 보름달을 좋아하지만

나의 첫 자리인 초승달에서

나의 마지막 자리인 그믐달까지

나의 전 생애는 하나같이 소중하고 평등해요.

나의 전모를 본 사람들은 알 거예요.

나는 한 달간의 먼 길을 통과하여 둥글게 완성되잖아요.

이러해서, 보름달만을 바라보는 사람들은

나를 안다고 말하기 어려워요.

사람들이 나를 월광불(月光佛)이라고 부르는 데는

다 그 이유가 있는 것이에요.

태양의 말씀

사람들은 나를 움직이지 않는 항성(恒星)이라고 불러요.

나를 중심으로 삼아 많은 행성들이 둥글게 돌고 있다지요.

지구별도 그 가운데 하나라고 해요.

그러나 실은 나도,

성주괴공, 생주이멸, 생로병사, 생장수장의 존재예요.

언젠가 태어났듯이 언젠가 사라지는 인연중생이에요.

사람들은 나를 대광명의 본처라고 외경하지만

그것은 그들의 생각이에요.

그러나 매일매일 흔들리는 인간들이

환상으로라도 그런 자리를 지닌다는 것은 축복이에요.

태양의 과업

나에게서 떠난 빛이 8분 후에 지구별에 도착한다고 해요.

나는 이 일을 숨 쉬듯 하고 있어요.

그런데 나에게서 떠난 빛엔 열기가 숨어 있어요.

나는 지구별이 빛으로 밝아지고, 열기로 따스해지길 소망해요.

밝음과 따스함이 있다면 그곳은 어디나 낙원일 거예요.

장강(長江)의 말씀

강은 길어야 제격이에요.

장강이라는 말도 거기서 나왔을 거예요.

긴 길을 가는 동안 강물은 점점 차분해지고 원만해져요.

장강을 보면 인생을 조금 천천히 살아도 될 것처럼 여유가 생겨요.

장강은 그 자체로 사람들의 가쁜 호흡을 가라앉게 하는 묘용이 있지요.

장강이 곳곳에 흐르는 나라가 좋은 나라라고 규정하고 싶어요.

장강 앞에서 인간들의 감정과 사상이 정화된다고 알리고 싶어요.

강의 미학

강은 시냇물과 달리 권위가 있어요.

누구나 강을 바라볼 땐 삼가는 마음이 생겨요.

그래서일까.

사람들은 원경(遠景)으로 강을 바라보곤 하지요.

강가의 누정(樓亭)도 그렇게 해서 생겼을 거예요.

조금 거리를 두고 바라보아야 자신을 허락하며 아름다워지는 것이 있어요.

조금 어려워하며 바라보아야 보는 이도 스스로의 품격이 높아지는 세계가 있어요.

평야의 말씀

사람들은 평야 지대에 한번 살아볼 필요가 있어요.

언제나 평평한 땅

언제나 지평선을 간직한 땅

언제나 열려 있는 땅

언제나 일체로 살아가는 땅

무엇보다 곡식이 풍부하여 여유가 있는 땅

말씨조차 평야처럼 한없이 평탄하고 느려지는 땅

무지개가 서면 그 둘레를 가늠조차 할 수 없는 땅

저녁노을이 세상에서 가장 아름다운 땅

산맥의 말씀

산맥은 국토의 뼈대예요.

나무가 모여 숲을 이루고, 숲이 모여 산을 이루고,

산이 모여 산맥을 이루는 동안,

산맥에는 꿈틀대는 생명의 기운이 생성돼요.

눈 밝은 이들은 산맥이 용틀임을 한다고 말하기도 하지요.

그래요, 산맥은 용틀임을 하며 세상을 살아나게 해요.

이런 산맥 앞에선 경건한 마음이 들어요.

무섭지만 믿음직한 큰 인물을 만난 것 같아요.

산맥의 비경(秘景)

장소가 사람을 만들어요.

산맥에 기대어 산 사람들은 산맥을 닮아요.

강건함이 삶의 초석이라면

산맥에 기대어 한번 살아볼 일이에요.

요즘 사람들은 도시의 아파트에서 살아요.

작은 화분을 끼고, 귀여운 강아지를 데리고 살아요.

산맥을 잊은 그들에게

어떻게 하면 뼈대 같은 산맥을 돌려줄 수 있을까요?

어떻게 하면 고래등 같은 산맥 아래 살아보게 할 수 있을까요?

제2부

하늘의 소식이 궁금해요

하늘의 말씀

하늘의 소식이 궁금하지 않았다면 인간들이 직립을 했겠어요?

그러나 아직까지 인간들은 하늘을 보려면 고개를 젖혀야만 해요.

인류에게 직립은 아직 완성되지 않은 것일지도 몰라요.

인간의 몸엔 네 발 달린 짐승의 피가 여전히 흘러 다녀요.

시를 쓰는 일은 하늘의 소식을 그리워하는 일이에요.

시를 읽는 일도 하늘의 소식을 듣고 싶어 하는 마음이고요.

하늘을 본 지 오래된, 이 시대 도시인들의 삶이 걱정이에요.

그들을 위하여 시라도 열심히 쓰고 널리 알려야 하겠어요.

하늘의 길

하늘을 측량할 수 있는 사람은 없어요.

그러나 하늘은 우리에게 파란색으로 느껴져요.

그리고 크고 둥근 세계로 보여요.

이상한 일이에요.

하늘은 알 수 없는 세계이나 알려진 세계예요.

알려진 세계이나 알 수 없는 세계예요.

만약 하늘이 알 수 있는 세계라면

사람들은 하늘을 경멸하고 말았을 거예요.

알 수 없는 하늘 앞에서

사람들은 지금도 기도를 드려요.

하늘이 보고 있다며 마음을 닦는 이들도 참으로 많고요.

별들의 말씀

하늘에 별들이 없다면

사람들이 그토록 하늘을 아끼진 않았을 거예요.

별들이 하늘에서 반짝이지 않았다면

사람들이 별들에 그토록 매혹되지도 않았을 거고요.

사람들은 별들을 무조건 사랑하는 것 같아요.

별들 앞에서 다른 생각을 하는 이는 아무도 없어요.

어떻게 하면 이토록 절대적인 사랑을 받을 수 있을까요.

절대적인 사랑의 실상이 궁금하다면

별들에게 그 까닭을 물어보는 게 좋을 거예요.

별들의 소식

별들은 참으로 먼 곳에 있어요.

그들은 먼 곳에서 반짝임으로 아련하게 소식을 전해요.

누구도 그 소식을 알아들을 수 없지만

그들에게 이것은 문제가 되지 않아요.

참으로 먼 곳은 사심조차 범접할 수 없는 순정한 곳이에요.

먼 곳은 풍경 같은 비현실이지만

그것이 우리를 보호하고 정화시켜요.

먼 곳이 없다면 우리는 일찍이 절망했을 거예요.

지구별도 저쪽에서 보면 반짝이는 먼 곳이에요.

그곳 사람들도 지구별을 바라보며 치유받을 거예요.

어둠의 말씀

어둠에도 급이 있어요.

도회의 어둠은 겨우 존재하지요.

조명과 소음과 욕망 속에서 밤새도록 시달리는 어둠이에요.

깊은 산속 오지나, 한가한 시골 마을에는 아직도 최상급의 어둠이 있어요.

칠흑 같은 순정의 어둠, 처음 같은 시원의 어둠이 비밀처럼 남아 있어요.

그런 어둠 앞에서 사람들은 황홀해져요.

그런 어둠의 품에서 사람들은 평안해져요.

그런 어둠으로 사람들은 되살아나요.

어둠 예찬

물들지 않은 순도 백 퍼센트의 어둠을 나눠주고 싶어요.

이런 어둠은 잘 닦인 선정 같아요.

그런 어둠이 아니라면

어디서 그 비단결 같은 느낌을 경험할 수 있겠어요?

비단결 같은 어둠을 느끼는 우리의 감각이 깨어난다면

그것은 분명 우주적 감각일 거예요, 진리의 소식일 거예요.

어둠의 마을

어둠도 마을을 이뤄요.

우리는 밤이 되면 이 마을의 주민이 되지요.

마치 공연 무대의 배우들이 불을 끄고 무대 정리를 하듯

이 마을의 주민이 되면 낮의 번뇌들을 정리할 수 있어요.

우리는 낮 동안 너무나 많은 것들을 봐요.

그리고 너무 많은 것들에 참견해요.

어둠은 이런 낮 시간의 소음을 하얗게 빨래해줘요.

허공의 말씀

'허(虛)'라는 말도 예삿말이 아니에요.

물론 '공(空)'이라는 말은 더욱더 예삿말이 아니지요.

그런데 '허공'이라고 했으니 이를 어쩌나요?

허공은 거울처럼 모든 것을 비추게 해요.

아니, 모든 것과 물들지 않고 하나가 되어 어울려요.

비가 오면 허공은 비가 내리도록 하지요.

바람이 불면 바람이 불게 하고,

눈이 오면 눈이 내리게 하지요.

햇살이 나면 햇살이 비취도록 하고,

보름달이 뜨면 달빛이 쏟아지도록 하지요.

인간의 마음 또한 마찬가지여서

그들의 희로애락을 그대로 받아주지요.

허공의 실상

탄허 스님은 허공을 마시겠다고
'呑虛'라는 법명을 쓰셨고,
「반야심경」은 '오온개공(五蘊皆空)'을 가르치며
이고득락(離苦得樂)을 약속하였어요.

그러나 허공의 실상은 알 수 없어요.
허공의 실상 속에서 만유가 살아가고 있을 뿐이에요.

나무의 말씀

인류가 나무 위에서 땅으로 내려온 지가 그리 오래되진 않았어요.

그래서일까,

사람들은 나무를 고향처럼 생각하는 것 같아요.

오죽하면 식목일을 다 만들었겠어요.

그리고 집집마다 정원에 나무를 심어놓았겠어요.

그러나 나무들에게 인류는 점점 무서운 존재가 되어가고 있어요.

인류는 너무나 성공하여 이전 일을 망각한 것처럼 살아요.

수령을 헤아릴 수 없는 고목의 당산나무가 아무리 귀띔을 해도

인류는, 지금, 너무나 흥분해서 알아듣질 못해요.

나무의 노래

내가 노래한다면 그것은 새가 노래하는 것이에요.

새는 날마다 나를 방문하여 노래를 부르는 게 일이에요.

내가 노래한다면 그것은 바람이 노래하는 것이에요.

바람은 내 몸을 스치며 나날의 기분 따라 다양하게 이파리를 흔들어요.

내가 노래한다면 그것은 아이들이 재잘거리는 것이에요.

아이들은 책가방을 팽개치고 나를 끌어안으며 놀이에 열중해요.

내가 노래한다면 그것은 봄날의 새싹들이 노래하는 것이에요.

새싹들은 봄날에 쑥쑥 자라면서 신생의 소식을 노래로 전해요.

풀의 말씀

나는 민중이 아니에요.

나는 처음도 끝도 그냥 풀이에요.

나를 있는 그대로 보아주는 사람이 많지 않아요.

나는 독자적인 세계가 있어요.

비록 키가 작고 아래쪽에 존재하지만

나는 거대한 초원의 몸이에요.

초원은 하나의 기적과 같아요.

초원 앞에서 사람들은 푸르러지고

초원 위엔 언제나

가장 넓고 반듯한 하늘이 드리워 있어요.

풀의 실존

사람들은 그냥 풀이라고 뭉뚱그려 부르지만

풀들마다 그들만의 생이 있어요.

목숨 가진 모든 것들이 그들만의 길을 가듯

세상의 모든 풀들도 그들만의 길을 꽃피우며 가요.

정원의 풀꽃들을 가꾸어보는 것도 좋은 일이에요.

그러나 들녘의 무심한 풀들과 만나는 것도 좋은 일이에요.

정원을 사람이 가꾼다면

들녘의 풀들은 신이 가꾸는 것 같아요.

꽃들의 말씀

언어가 무색해지는 지점에 꽃이 있어요.

헌화가를 부르며,

꽃다발을 만들며,

꽃 필 날을 기다리며,

사람들은 언어 너머의 세계를 그리워해요.

꽃들의 본색

'불화(佛華)' 라는 말을 들어보셨나요?

'대방광불화엄경(大方廣佛華嚴經)' 에 나오는 그 '불화' 말이에요.

붓다의 꽃,

진리의 꽃,

깨달음의 꽃,

마음의 꽃,

이런 꽃들이 장엄한 세계를 만났다면

그는 이생에서 가장 빛나는 화원을 만난 것이에요.

생화(生花)도 좋지만 불화를 만나야 해요.

그래야 꽃이 시들 것을 걱정하지 않아도 돼요.

꽃의 진언

찰스 다윈은 나를 번식의 장소로 봤어요.

틀린 말은 아니에요.

그러나 맞는 말도 아닌 것 같아요.

꽃 속엔 분명 우주적 보광(普光)이 들어 있어요.

그렇지 않고서야 꽃이 그토록 환한 등불일 수가 없어요.

구름의 말씀

나는 하늘에서 무상(無常)을 가르치는 선생이에요.

땅에도 선생이 있어야 하지만

하늘에도 선생이 있어야 해요.

사람들은 선생의 말도 안 듣는 현시대를 걱정하지만

그래도 선생만큼 권위 있는 사람은 아직 없어요.

나는 무상을 말이 아닌 몸으로 가르쳐요.

나는 머무는 바 없는 무주(無住)의 길을

하늘의 방랑자가 되어 수시로 공연하며 살고 있어요.

구름의 생애

나는 무아(無我) 과목도 함께 가르치는 선생이에요.

지구별의 스님들도 나를 예로 들어 무아를 설명할 때가 많아요.

몸뚱이가 크고 단단할수록

그것이 나라고 움켜쥐며 울고불고하기가 쉬워요.

나는 정말 뭉친 데가 거의 없는 속 없는 존재예요.

나는 그냥 흐르거나 흩어져요.

나는 그냥 스치거나 섞이며 살아요.

구름의 미학

화가들의 하늘은 구름을 그려 넣어야 완성돼요.

화가들의 하늘이 그러하듯

어린이들의 하늘에도 구름이 문채(文彩)로 떠 있어야 완성돼요.

구름은 멋과 풍류,

구름은 자유와 초월,

구름은 여백과 여유,

구름은 색불이공(色不異空) 공불이색(空不異色)

구름은 색즉시공(色卽是空) 공즉시색(空卽是色)

이렇게 열거하면 구름의 미학을 대충 말한 것이 될까요?

제3부

등불의 마음으로 살아요

햇살의 말씀

햇살은 전신이 등불이에요.

천지가 등불인 낮 시간엔

누구나 등불의 마음으로 일을 해야 해요.

일이란 진리를 탐구하는 것,

일이란 수행의 길을 떠나는 것,

일이란 나와 너를 살려내는 것,

실천은 어렵지만 이렇게 말하고 싶어요.

햇살의 행방

나는 가지 않는 곳이 없어요.

나는 더 많이 가는 곳도 따로 없어요.

나는 태초부터 지금까지 한결같아요.

나를 좋아하는 사람은 남쪽으로 집을 짓고,

나를 필요로 하는 이는 창문을 크게 내요.

또 어떤 이는 몸을 태운다며 나를 맞이하고,

또 어떤 이는 고운 양산을 받치고 걸어다녀요.

모두가 다 제 마음이에요. 일체가 유심이에요.

흙의 말씀

흙은,

대지가 아니에요.

토지와도 달라요.

물론 땅과도 달라요.

흙은 형태가 아니라 물질이에요.

아이들이 놀이터에서 밥 먹는 일도 잊고

흙을 만지며 노는 것은

그들의 몸속에서 이 물질이 꿈꾸기 때문이에요.

흙의 촉감은 에로틱해요.

만질수록 살아나는 기분이 고조돼요.

흙 없이 사는 도회인들이 걱정이에요.

그들에게 흙을 되돌려줄 때가 임박했어요.

아니, 벌써 지났어요.

흙의 본색

언젠가부터 흙은 위생 관념의 지배를 받게 되었어요.

흙을 만지면 손을 씻어야 하고,

흙을 밟으면 발을 씻어야 해요.

흙은 깨끗하지 못한 것이에요.

그러나 흙은 지구별의 생명이에요.

우주의 식구예요.

이 흙을 보면 눈길이 부드러워지고,

이 흙의 침묵 속에서 귀가 순해지고,

이 흙의 냄새 속에서 헐떡임이 가라앉고,

이 흙의 맛으로 과일이 달게 익어요.

이슬의 말씀

이슬은 동화적이에요.

이슬을 보면 구슬이 떠오르고

이슬 앞에선 한없이 천진해져요.

이슬은 신화적이에요.

밤중에 내려온 이슬의 처소는 하늘 같아요.

이슬 앞에서 사람들은 하늘의 신성을 봐요.

이슬은 순수의 결정이에요.

아침 햇살이 조금만 가 닿아도

이슬은 민감하게 무지갯빛을 창조해요.

이슬의 생애

이슬이 날아가면 잡을 수가 없어요.

날개 없는 것들도 이렇게 날아가는군요.

이슬이 날아가면 어느새 다른 것에 마음이 기울어요.

사랑하던 것도 이처럼 순간이군요.

이슬이 날아가면 세상엔 다른 풍경이 몰려와요.

큰 눈 뜨고 보면,

사라진다고 꼭 아쉬워할 일만은 아니에요.

달빛의 말씀

햇빛만 보고 달빛을 보지 못했다면
빛을 안다고 할 수 없어요.

한자의 밝을 '明' 자를 한번 봐요,
해(日)와 달(月)이 자매처럼 나란히 있지요.

햇빛이 양이라면 달빛은 음이에요.
달빛엔 음덕(陰德)이 가득해요.

음덕은
앞이 아니라 뒤에서 돌봐주는 것,
위가 아니라 아래서 지지하는 것,
유가 아니라 무를 사랑하는 것,
양덕(陽德)과 짝이 되어 서로를 품어 안는 것.

달빛의 기적

동양학자 조용헌 선생이

문탠(moontan)이라는 새 말을 지어 퍼뜨렸어요.

해운대 어딘가엔 '문탠 길'도 만들어졌다고 하더군요.

달빛에 존재를 태우며, 바닷가 모랫길을 걸어보라는 뜻이에요.

달빛도, 바닷가도, 모래사장도 다 철학적이에요.

그러나 달빛이 있어야 바닷가도, 모래사장도 철학이 돼요.

달빛에 몸을 태워보세요.

영혼이 분명 치유될 거예요.

비의 소식

나는 수직으로 내리지만

순환을 알려주는 존재예요.

한 인연이 찾아오면 땅으로 하강하고,

또 다른 인연이 찾아오면 바다로 흘러가고,

또 다른 인연을 만나면 하늘로 상승해요.

나는 순환하며 세상을 하나로 이어줘요.

내가 순환하면 세상은 소통하며 살아나요.

비의 말씀

비가 쏟아지면 사람들은 집 안으로 들어가요.

세상은 빗소리로 가득하지요.

비가 오지 않으면 사람들은 기우제를 지내요.

마음속엔 온통 빗소리뿐이에요.

비가 그치면 사람들은 탄성을 질러요.

세상은 다시 사람들의 소리로 파도쳐요.

뛰어난 예술가는 이런 빗소리와 무관하게

무의식 속에 깃든 비의 환영을 마음껏 펼쳐내고요.

눈의 말씀

비가 오면 집으로 들어가던 사람들이

눈이 오면 밖으로 뛰어나와요.

누군가는 첫눈이 오는 날 만나자고 약속했다며

아예 시내까지 뛰쳐나가느라 부산해요.

눈은 사람을 불러내는 데 선수예요.

눈의 설법이 그만큼 재미있는가 봐요.

눈의 나라

눈 내린 세상은 백색이고, 일색이에요.

색 너머에 흰색이 있고, 경계 너머에 일색이 있어요.

흰색 앞에서 모든 유색은 탈색되고,

일색 앞에서 모든 경계는 무너져요.

아주 큰 눈이 내리면 사람들은 그걸 폭설이라고 불러요.

이름이 재미있어요.

난폭한 눈이라니요?

폭설이 폭력적으로(?) 내리면 흰색은 더욱 희어지고

일색은 더욱 굳건해져요.

그 속에서 만유는 뜻하지 않게 순정해지고,

사람들은 저도 모르게 분별 없는 세계를 살아요.

바위의 말씀

바위가 없다면 세상은 죽 끓듯 끓어오르다가

무슨 일이라도 내고 말았을 거예요.

하루에 오만 가지 생각을 하며 산다는 인간들,

불안이 본업인 듯 제 마음을 잃은 사람들,

속도에 취해서 무작정 질주만 하는 사람들,

그런 사람들에게 바위는 약사불(藥師佛)과 같아요.

바위가 보여주는 '부동심(不動心)'과 '여여(如如)함'을 보며

사람들은 저절로 말수가 적어지고, 혈압이 떨어져요.

바위의 존재론

나에게는 죽음과 삶이 똑같아요.

나는 죽지도 살지도 않는 세계 속에 있어요.

나는 평생을 한자리에서 살아요.

나는 생각과 말과 행동을 멈춰버렸어요.

그렇다고 내가 세상 사람들이 생각하는 바보는 아니에요.

바보라면 나는 우주 속의 '큰 바보'가 되고자 해요.

고백하면, 나는 그냥 존재하는 자예요.

존재한다는 말도 거추장스러워하는 비존재예요.

그걸 증명하고 싶어서 이렇게 꿈쩍 않고 앉아 있는 거예요.

공기의 말씀

空氣!

한자로 쓰고 보니 참 심오한 말이네요.

그런데도 사람들은 이 말을 쉽게 해요.

"아, 공기 좋은 데 사시는군요!"

"아, 서울의 공기가 말이 아니에요!"

공기는 생명이 우주와 한 몸임을 알려주는 첫 지점이에요.

공기는 보이지 않지만 사람을 우주적 존재로 살게 하는 신기(神氣)예요.

공기의 존재론

숨길이 있어야 해요.

사람도, 세상도, 마음도 동일해요.

숨길은 막힌 것을 트이게 하는 길이에요.

숨길은 해방을 가리키는 길이에요.

숨길은 자유를 사랑하는 길이에요.

숨길은 공성(空性)을 운반하는 길이에요.

물의 말씀

정화수(井華水)는 한자로 써야 제 뜻이 살아나요.

첫 새벽의 물,

샘물 가운데 가장 '화려한' 첫 번째 물,

그것이 정화수의 속뜻이에요.

감로수(甘露水)도 한자로 써야 제격이에요.

달콤한 이슬 같은 물,

아무나 마실 수 없는 천상의 물,

도리천에나 있다는 이 물을 마시면

번뇌가 봄눈처럼 녹아버린다고 해요.

정화수를 위해 새벽을 지켜야 하겠어요.

감로수를 위해 천상을 꿈꿔야겠어요.

밤의 말씀

밤엔 잠을 자야 해요.

누워서, 눈을 감고, 죽음의 길을 가야 해요.

밤의 잠은 결여가 아니에요.

소비는 더욱더 아니고요.

잠의 시간 끝에서 눈 뜬 아침이 오고,

죽음의 길 끝에서 신생의 몸이 탄생해요.

아침이 그토록 밝은 것은 잠의 시간 때문이에요.

탄생이 그토록 놀라운 것은 죽음의 시간 때문이고요.

밤의 기적

밤과 잠을 통달한 자는

아침에 맑고 밝은 눈빛을 가질 수 있어요.

밤과 잠을 사랑한 자는

낮 시간에 아낌없이 일하며 행복할 수 있어요.

밤과 잠의 이면을 본 사람은

밤과 낮이,

잠과 눈뜸이,

불이(不二)임을 실감할 수 있어요.

제4부

나는 그냥 존재하는 자예요

새벽의 말씀

새벽 가운데 새벽을 신새벽이라고 해요.

삼경(三更)이 지나 인시(寅時)가 되면 세상은 처음부터 다시 시작해요.

새로운 시작의 첫 지점은 지진과 같은 요동을 동반해요.

그래서 스님들이 도량석을 하는지도 몰라요.

신새벽엔 소우주인 우리 몸도 요동을 쳐요.

새로운 하루를 시작하려고 분주하게 준비를 하는 것이지요.

그러나 새벽의 일은 비밀에 부치는 게 우주의 법칙이에요.

간혹 예민한 사람이나 겁 많은 사람이 아니면

해가 떠오를 때까지 잠을 푹 자는 것도 그래서예요.

새벽의 진화

새벽은 잠 없는 노인들의 시간이에요.
아직 삼경의 귀신들도 오고 가는 이 시간엔
산전수전 다 겪은 노인들이나 홀로 일어나 있을 수 있어요.

새벽은 노인들이 헌신할 수 있는 시간이에요.
아궁이에 불을 때서 자녀들의 식은 방을 덥혀주고,
짐승이나 도둑들의 내방을 막아줄 수 있어요.

노인들의 이런 새벽 봉사가 뜻있다는 것을
진화학자들은 원시시대의 유전 환경에서 찾고 있어요.

안개의 말씀

안개는 사람들의 안목을 시험해요.

인간들의 안근(眼根)과 안식(眼識)이 얼마나 위태로운지를 깨닫게 하지요.

어떤 안개든 정오가 되기 전엔 사라지지만,

사람들은 안개의 시간 속에서 허둥대요.

다시는 밝음이 오지 않을 것 같은.

다시는 세상을 보지 못할 것 같은,

그런 공포심이 엄습하는 거예요.

안개가 거짓말처럼 사라지고 나면

사람들은 자신들의 눈과 마음을 의심해요.

눈이 항상 밝은 것은 아니라고,

마음이 항상 믿을 만한 것은 아니라고,

그렇게 오전의 안개 속 같은 미망을 수정하는 것이지요.

안개의 성품

안개는 속수무책이에요.

오는 것도, 가는 것도 간섭할 수 없어요.

안개는 무거운 가벼움이에요.

무겁게 내려와서 가볍게 사라져버려요.

안개는 부재하는 실재예요.

만질 수는 없지만 볼 수는 있는 반(半)물질 같아요.

안개는 출처도 도착점도 알 수 없어요.

어디선가 온 안개가, 어딘가로 사라질 뿐이에요.

다만 그것뿐이에요.

새들의 말씀

새는 '새들'이라고 써야 어울려요.

새들이 떼를 지어 날아다닐 때

새는 그들만의 형태를 자랑하며 고유한 에너지를 발산해요.

새는 재잘거린다고 말해야 적절해요.

소년기의 아이들처럼 솔직하고 단순해요.

하늘에서는 새들이,

놀이터에서는 아이들이,

복잡한 세상에 솔직함과 단순함을 날마다 퍼 나르고 있어요.

새의 길

새는 하루에도 몇 번씩
'이 언덕'에서 '저 언덕'으로 날아가요.
날개 달린 자만이 할 수 있는 피안행(彼岸行)이에요.

새는 하루에도 몇 번씩
이 집에서 저 집으로 날아가요.
생각 없는 자만이 울타리를 허무는 무애행(無碍行)이에요.

새는 하루 종일 쉼 없이
제 꿈을 향해 날아가요.
일념으로 집중하는 자의 정진행(精進行) 같아요.

산골에서 새의 삶을 완상하다 보면
사람들이 새들에게 보내는 선한 눈길이
근거 있는 인류사의 오래된 전통 같아요.

불의 말씀

만물은 모두 불씨를 지니고 있어요.

인간도 36.5도의 불기운을 지니고 있지요.

돌을 부비면 불이 탄생하듯

만물은 어떤 것도 맞대어 부비면 뜨거워져요.

세상의 일체(一切) 속엔 태양이 심은 불씨가 들어 있어요.

이 불씨를 보살피고, 가꾸고, 나누는 게 삶이에요.

인간들이 이사를 가며 불씨를 신성하게 받든 것도

이런 마음을 담고 있는 것이지요.

처처가 뜨겁게 타오르는 현대의 문명인들도

이사한 집에 통성냥을 사다 주며 기원을 해요.

아직도 불씨의 신앙이 남아 있는 흔적이에요.

불의 마음

무엇이든 넘치거나, 넘치게 하면 문제가 생겨요.

불도 마찬가지예요.

넘치면 화택(火宅)이 되고

넘치게 하면 화마(火魔)가 돼요.

요즘 이 땅은 너무 뜨거워요.

여름의 끝자락 같은 이 세상에서

사람들은 동분서주하며 아파해요.

열을 내리며 진정해야 해요.

세상엔 여름만 있는 것이 아니니까요.

소식처럼 가을이 곧 당도할 터이니까요.

길의 말씀

만물은 그들만의 길이 있어요.
하늘에, 땅에, 바다에, 땅속에
그들만의 길을 내며 살고 있어요.

인간도 길이 있어
그들만의 길을 가고,
그들만의 길을 내지요.

그러나 인간의 길은 너무 난폭해요.
문명의 도로 위에서
인간들은 전쟁터의 침략자처럼
자동차를 타고 마구 돌격해요.

길의 길

무위의 길, 자연의 길이 그리워요.

초탈의 길, 초연의 길이 그리워요.

누군가 외줄기로 난 고요의 길을 가는 것이 보고 싶어요.

누군가 다람쥐와 함께 오솔길의 은자로 걷는 것이 보고 싶어요.

길(道)에서 도리(道理)를 찾아야 하지 않겠어요.

길다운 길이 이 땅을 진신(眞身)으로 장엄해야 하지 않겠어요.

고목의 말씀

지혜 없이 오래 사는 것은 난감해요.

오래 사는 것이 지혜의 길이라면 무슨 걱정이 있겠어요.

그러나 오래 살았다는 것만 해도 사실은 큰일이에요.

속세에선 살아남는 일이 날마다의 기적이니까요.

그가 누구든 오래 살아남은 자에게 박수를 보냅시다.

고해를 통과하며 긴 자서전을 쓰고 있는 모든 존재들에게

아낌없는 존경의 인사를 드립시다.

고목의 나날

시골 마을 입구에 오래된 고목이 서 있어요.

사람들은 그 나무의 이름을 기억하고,

그의 연륜을 기억하고,

그의 노경(老境)을 보살펴요.

그의 이름은 언젠가부터 '보호수' 로 지정되었어요.

이미 권위를 지닌 당산목(堂山木)의 성스러운 시절은 지나간 것 같아요.

그렇더라도 사람들이 그를 보호하고

그가 인간의 마을을 영 떠나지는 않는다면

천지를 잇던 시절의 흔적이라도 남아 있는 것일까요?

오래된 나무, 오래된 마을, 오래된 마음이 그리워요,

오래된 길, 오래된 이웃, 오래된 삶이 그리워요.

무지개의 말씀

무지개는 비 갠 뒤의 청명한 하늘에만 떠요.

아무 때나, 아무 데서나 볼 수 없는 귀인이지요.

범성불이(凡聖不二)라고 하지만, 무지개는 범성불일(凡聖不一)임을 가리켜요.

무지개 앞에서 남녀노소가 소리치며 환호를 해요.

무지개를 보느라고 일하던 사람도 허리를 펴고 몰아지경이에요.

범속한 세계에 하늘의 신성이 잠시 임재한 것이에요.

세속의 삶이 전부가 아님을 계시처럼 보여주고 있는 것이에요.

무지개의 나라

아이들의 색연필 통에 무지개색이 가득해요.

어린아이 생일상에도 무지개색이 화려해요.

잔칫집의 떡시루 위로 무지개색이 떠올라요.

풀잎 끝의 이슬방울엔 무지개색이 보석 같아요.

잘 차려입은 여인의 한복 위로 무지개색이 출렁여요.

참마음의 맑은 거울에 무지갯빛이 찬연해요.

봄의 말씀 1

봄의 훈풍 속에서 따스함을 배울 수 있기 바라요.

솟아나는 새싹들에서 신생을 볼 수 있기 바라요.

부드러운 대지 속에서 덕성을 배웠으면 해요.

만개한 꽃들에게 수희찬탄의 박수를 보냈으면 해요.

다시 시작하는 모든 새사람들에게 축전으로 격려했으면 해요.

또다시 시작하는 자신에게도 무한 긍정의 눈길을 보냈으면 해요.

봄의 말씀 2

봄에는 씨앗을 뿌려야 해요.

그것도 좋은 씨앗을 골라서 뿌려야 해요.

그러나 씨앗을 뿌린다는 것은

그 씨앗과 길을 같이 가겠다는 다짐을 하는 것임을 알아야 해요.

사서 고생하는 일이지요.

그러나 씨앗을 뿌리지 않고는 살 수 없는 게 중생들의 나라예요.

살기 위해 씨앗을 뿌려야만 해요.

미리 결실을 상상할 수 없으니 답답하나

우리는 인과법을 믿으며 선인(善因)을 심고 기다려야 해요.

여름의 말씀 1

성하(盛夏)의 짙푸른 녹음을 보며 녹색의 건강한 무서움을 느껴봐야 해요.

그래야 리얼리스트가 돼요.

무더위의 기승에 땀 흘리며 더위의 치열한 카르마를 실감해봐야 해요.

그래야 어느 것도 진지한 마음으로 접하게 돼요.

폭우와 장마의 위협에 밤잠을 설쳐봐야 돼요.

그래야 천지가 고차원의 경영자임을 알게 돼요.

어서 갔으면 하는 여름도 때가 되면 간다는 사실을 알아야 해요.

처서가 되면 여름도 제 살림살이를 정리하고 떠나요.

여름의 말씀 2

산들바람의 고마움을 알 수 있는 것도 여름이에요.
물과 바다의 고마움을 알 수 있는 것도 여름이고요.

나무그늘에 앉아 정담을 나눌 수 있는 것도 여름이고요.
마당에 누워 밤하늘의 별들을 볼 수 있는 것도 여름이에요.

붉은 수박 앞에서 식구들이 한마음이 될 수 있는 것도 여름이고요.
일 년 중 칼국수가 가장 맛있는 때도 여름이에요.

스님들이 하안거(夏安居)로 참수행을 할 수 있는 때도 여름이고요.
우리들이 인내심을 키울 수 있는 때도 실은 여름이 으뜸이에요.

가을의 말씀 1

가을은 생장(生長)의 기운이 수장(收藏)의 기운으로 변한 때예요.

오래된 말로 하면 금화교역(金火交易)이 이루어진 때이지요.

이런 가을은 사색의 계절이에요.

아니, 초월을 꿈꾸는 철학과 종교의 계절이지요.

가을엔 열매들도 안으로 안으로 깊어져요.

안쪽의 끝자락에서 열매가 금강석처럼 단단해지고

단단함의 끝에서 금강의 열매들은 빛을 발하기 시작해요.

까만 콩은 까만 빛을 환하게……

붉은 고추는 붉은 빛을 환하게……

흙색 땅콩은 흙색 빛을 환하게……

그렇게 각자가 빛나는 존재가 되는 것이지요.

가을의 말씀 2

봄날에 씨앗을 심는 것도 중요하지만
가을날에 열매를 거두는 것도 똑같이 중요해요.

콩은 콩 때에,
팥은 팥 때에,
참깨는 참깨 시간에,
들깨는 들깨 시간에,
제시간을 살펴서 그들 뜻에 맞춰 거둬야 해요.
수행하듯 정성껏 그들에게 마음 주며 거둬야 해요.

겨울의 말씀 1

겨울날엔

지난 계절의 결실을 온전히 발효시킬 수 있어요.

열매와 곡식들이 깊은 잠 속에서 칩거하며 쉴 수 있는 시간이에요.

이런 겨울날은

대설로 가끔씩 어지러운 세상을 평정하는 시간이에요.

강추위로 종종 나태한 자들에게 죽비를 휘두르는 때이고요.

겨울날은 또한

남향에 창을 내고 사는 일의 감사함을 알게 하는 계절이에요.

빙판으로 길 위에서 조고각하(照顧脚下)를 가르치는 계절이기도 하고요.

겨울의 말씀 2

겨울은 일체의 장식을 털어버린 노현자예요.
어떤 응석도 허용하지 않는 수련장이에요.

겨울은 모처럼의 장기 휴가 기간이에요.
일 없이 사는 일을 연습하는 긴 시간이에요.

겨울은 중도성(中道性)을 눈앞에서 실습시키는 때예요.
며칠 전에 무성하던 풀들을 폐허처럼 쓸어 눕히고
보이지 않던 땅속의 뿌리들을 강하게 키워가는 때예요.

겨울은 시작이 끝이고 끝이 시작임을 말하는 지혜서예요.
이런 겨울의 텍스트를 해독할 수 있다면
사계절을 제대로 살아내고, 또 꿰뚫어 본 자예요.

인류의 말씀

유구무언(有口無言)이에요.

그간 너무 많은 말을 했어요.

그간 너무 틀린 말을 과도하게 쏟아냈어요.

그간 너무 인간중심적인 말로 잘난 척을 했어요.

참회하고,

진리를 다시 배워야 할 것 같아요.

사는 법을 다시 공부해야 할 것 같아요.

인류사를 다시 써야 할 것 같아요.

발심을 하고,

원력 속에서,

님을 갖고,

님의 말씀을 들으며,

새 경지의 삶을 수행자로 살아가야 하겠어요.

인간 속의 본심만이 춤추도록 해야겠어요.

후기

■ 후기

님을 갖고, 님의 말씀을 듣고…

'님'에는 두 가지가 있습니다. 그 하나는 소아의 사심이 만든 님이고 다른 하나는 대아의 공심이 만든 님입니다. 전자가 에고의 님이라면 후자는 참나의 님입니다. 또한 전자가 중생심의 님이라면 후자는 보살심의 님입니다. 그리고 전자가 무명의 님이라면 후자는 불성의 님입니다.

소아의 님, 에고의 님, 중생심의 님, 무명의 님은 개아가 자신의 욕망을 충족시키기 위해 설정한 대상입니다. 그때 님은 도구화되고, 소유되고, 소비됩니다. 그리고 개아는 자신의 말만을 일방적으로 님을 향해 쏟아내거나 자신의 욕망을 이들에게 투사하며 살아갑니다. 세속 사회에서의 대부분의 님은 이런 님입니다.

그리고 그것을 '사랑'이란 말로 왜곡시키는 무지도 발생합니다.

저는 여러분들이 대아의 님, 참나의 님, 보살심의 님, 불성의 님을 갖고 살기를 바랍니다. 만해 한용운이 그토록 강조한 것도 실은 이런 님을 갖고 살자는 것입니다. 이와 같은 님을 갖고 사는 이들을 가리켜 욕망의 삶이 아닌 원력의 삶을, 탐진치의 삶이 아닌 계정혜의 삶을, 오욕칠정의 삶이 아닌 바라밀의 삶을, 윤회고의 삶이 아닌 열반락의 삶을 사는 사람이라고 말합니다.

대아의 님, 참나의 님, 보살심의 님, 불성의 님을 갖게 되었을 때, 우리는 천지 우주와 만유라고 칭할 수 있는 대우주와 대자연 및 대생명계가 내 몸임을 절감하며 그들의 말을 듣기 위해 협소한 소아로서의 나의 말을 멈추기 시작합니다. 이른바 신성한 실재이자 근원인 '님'의 말씀을 듣게 되는 전변과 기적이 일어나게 되는 것입니다. 소아의 장막 속에서 보이지 않던 대우주, 대자연, 대생명계와 같은 세계 전체가 보이고 그들의 말씀을 들을 수 있는 자가 되면 우리에겐 참자유, 참행복, 참평화 등과 같은 놀라운 세계가 펼쳐집니다.

이제 우리는 진정한 님을 가져야 하고, 그 님의 말씀을 들어야 할 절박한 시점에 와 있습니다. 제가 82편의 시를 통하여 보여드린 님과 그들의 말씀은 여러분들이 앞으로 여러분들 각자의 진정한 님과 님의 말씀을 심화, 확대시켜 나아가는 데 디딤돌이 되어줄 것이라 기대합니다.

제가 여러분에게 예시 삼아 제시한 님은 호수, 바다, 대지, 숲, 산, 바람, 달, 태양, 강, 평야, 산맥, 하늘, 별, 어둠, 허공, 나무, 풀, 꽃, 구름, 햇살, 흙, 이슬, 달빛, 비, 눈, 바위, 공기, 물, 밤, 새벽, 안개, 새, 불, 길, 고목, 무지개, 봄, 여름, 가을, 겨울, 인류 등입니다. 대우주와 대자연 그리고 대생명계의 환유와 같은 존재로 이와 같은 것들이 떠올랐습니다.

우리가 사는 세계 전체가 '님'이 될 때, 우리의 삶은 단절과 소외, 대립과 투쟁, 애착과 집착이 빚어내는 고해의 나날이 아니라, 연속과 합일, 화해와 조화, 합심과 협력, 나눔과 헌신, 공경과 예의, 사랑과 자비가 가득한 환희의 시간이 될 것입니다. 그때 우리는 이 땅에 와서 살아가는 일의 기쁨과 보람을 느낄 수 있을 것입니다.

저의 이런 말이 낯설거나 비현실적으로 들릴지 모르겠습니다. 그러나 이런 세계를 향하여 향상 일로의 길을 가겠다고 서원에 가까운 마음다짐을 행할 때, 우리는 조금 늦을 수는 있어도 간 길만큼의 다른 인생을 펼치며 만날 수 있습니다.

소아의 감옥에서 나와, 오인된 아상의 집에서 나와, 인간중심주의와 지구중심주의의 틀에서 나와, 그리고 조각 지식과 조각 경험에서 나와, 마지막으로 도시와 물질문명의 유혹에서 나와 대우주와 대자연 그리고 대생명계의 소리를 들으며 전체성의 말씀을 음미해 보십시오. 이때 우리는 '작은 나'가 아닌 '큰 나'가 되어 차원 변화가 일어난 새 존재로서 새 삶을 살 수 있을 것입니다. 물론 이런 제안은 저 자신에게도 하는 것입니다. 저 자신도 가야 할 길이 너무나 멀고 저 자신의 삶도 아득하기만 하기 때문입니다.

2016년 초여름날

정 효 구

정효구 鄭孝九

1958년 출생. 충북대학교 사범대학 국어교육과를 졸업하고 서울대학교 대학원(국어국문학과)에서 석사학위와 박사학위를 받았다. 1985년 『한국문학』 신인상을 받으며 문학평론 활동을 시작했다. 미국 럿거스대학교의 동아시아 언어문학과에 교환교수로 체류한 바 있다.

저서로 『시읽는 기쁨 1-3』 『한국현대시와 평인(平人)의 사상』 『마당 이야기』 『맑은 행복을 위한 345장의 불교적 명상』 『일심(一心)의 시학, 도심(道心)의 미학』 『한용운의 『님의 침묵』, 전편 다시 읽기』 『붓다와 함께 쓰는 시론』 『신 월인천강지곡』 등 다수가 있다. 2016년 현대불교문학상을 받았다.

현재 충북대학교 인문대학 국어국문학과 교수로 재직하고 있다.

님의 말씀

초판 인쇄 · 2016년 8월 20일
초판 발행 · 2016년 8월 30일

지은이 · 정효구
펴낸이 · 한봉숙
펴낸곳 · 푸른사상사

편집 · 지순이, 김선도 | 교정 · 김수란
등록 · 1999년 7월 8일 제2-2876호
주소 · 경기도 파주시 회동길 337-16 푸른사상사
서울시 중구 을지로 148 중앙데코플라자 803호
대표전화 · 031) 955-9111~2 | 팩시밀리 · 031) 955-9114
이메일 · prun21c@hanmail.net
홈페이지 · http://www.prun21c.com

ISBN 979-11-308-1043-0 03810
값 13,000원

이 도서의 국립중앙도서관 출판예정도서목록(CIP)은 서지정보유통지원시스템 홈페이지(http://seoji.nl.go.kr)와 국가자료공동목록시스템(http://www.nl.go.kr/kolisnet)에서 이용하실 수 있습니다.(CIP제어번호: CIP2016019250)

님의 말씀

정효구 시집

다시 시작하는 모든 새사람들에게

축전으로 격려했으면 해요.

또다시 시작하는 자신에게도

무한 긍정의 눈길을 보냈으면 해요.